Todos los cuentos de Serafín Cordero:

- **LOS COCHINOS** *o un ramillete de papelajos*
- **EL PASTOR** *o en qué piensan los corderos antes de dormirse...*
- **¿QUIÉN HA SIDO?** *o un vientecillo perfumado...*
- **LA HERMANITA CARNÍVORA** *o la enfermedad del cordero loco*

Traducción: Elena Gallo Krahe
Edición: Celia Turrión

Título original: *Le berger ou à quoi pensent les petits moutons avant de s'endormir...*
© Hachette Livre, 2007
© De esta edición: Editorial Luis Vives, 2008
  Carretera de Madrid, km. 315,700
  50012 Zaragoza
  teléfono: 913 344 883
  www.edelvives.es

ISBN: 978-84-263-6708-2

Printed in Singapore by Tien Wah Press

Narrado por **Taï-Marc Le Thanh**

Ilustrado por **Rébecca Dautremer**

Color con la colaboración de
Loïs Delage y Luis Castro

EL PASTOR

o en qué piensan los corderos antes de dormirse

Personajes

Un corderito   **Un maravilloso compañero**   **Un rebaño de niños**

EDELVIVES

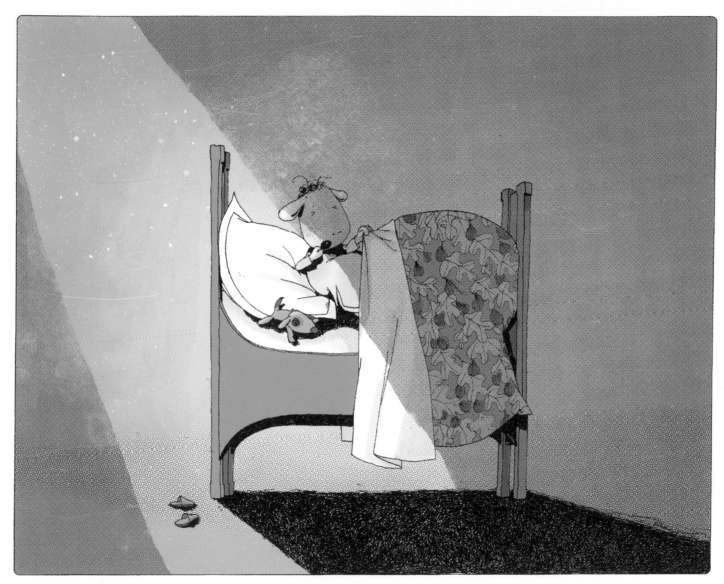

¿En qué piensan los corderitos antes de dormirse?

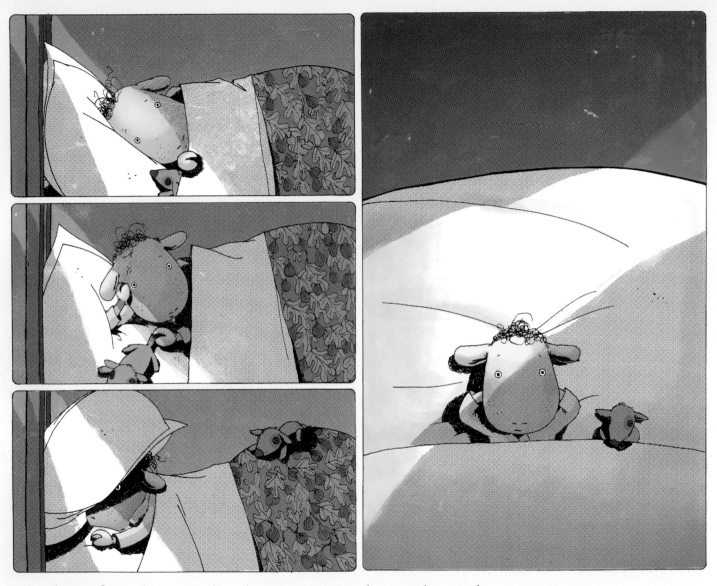

Cuando Serafín tarda en conciliar el sueño, se acuesta boca arriba, se relaja y se pone a contar...

Cuenta niños.

1... 2... 3... 4...

—¿Eh? ¿Qué? ¿Ya?

—¡Uaaaaah!

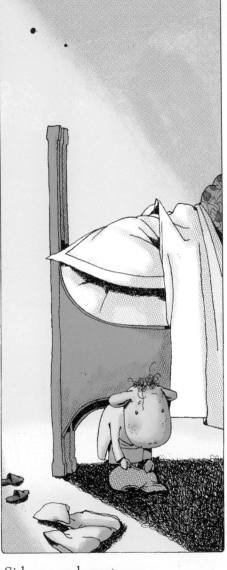

Si hay que levantarse,
hay que levantarse.

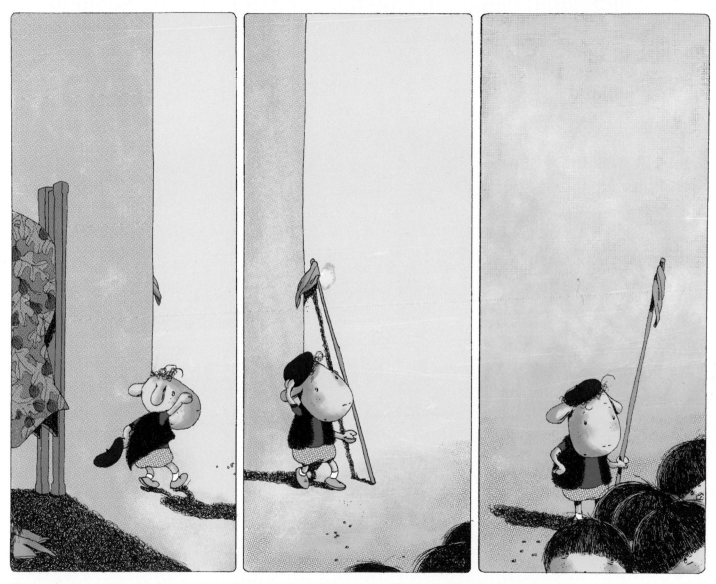

No todo va a ser remolonear. Serafín tiene por delante una buena jornada de trabajo.

Serafín reúne su rebaño.
—Hale, hop, hop, hop…

El oficio de pastor no es para holgazanes.
Menos mal que Serafín tiene un buen ayudante.

—¡Venga, niños, nos vamos de paseo!
Poco a poco el rebaño se pone en marcha.

A Serafín le encanta la montaña y nunca deja de maravillarse ante tanto esplendor.

De repente aparece Gregorio,
el pastor del valle de al lado, un buen tipo.

—¡Eh, Gregorio!

—¿Cómo estamos, Gregorio?

—¿Qué hay, Serafín?

—Pues ya ves, por aquí...

—Ahá...

—Bueno, pues...

—¡Adiós, Serafín!
—¡Adiós, Gregorio!

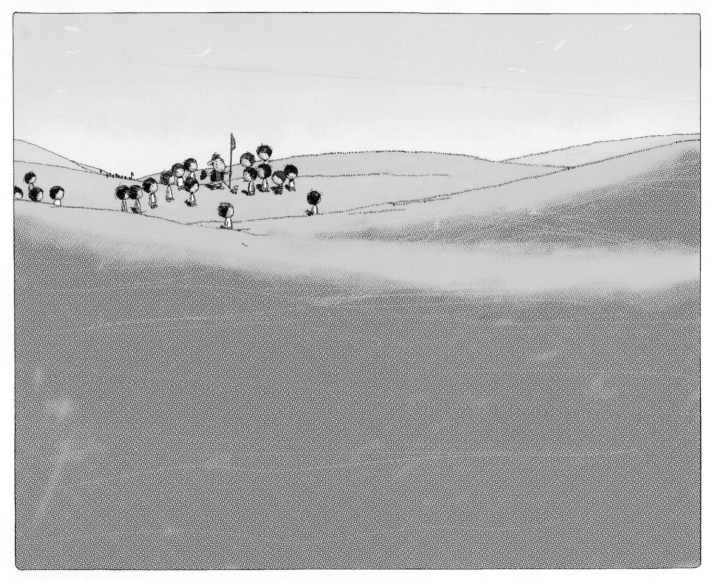

—Ya toca descansar, id a jugar por el prado, es la hora de mi siesta.

—¡¡¡Bieeeeeeen!!!

¡Ah, qué suerte ser pastor!

Pero la siesta dura poco.

—¿Qué pasa ahora?

—Tú, ¿has trepado para coger higos?

—¡Que no te vuelva a ver, pillastre!

Pero de pronto surgen en el horizonte
unos negros nubarrones.

—Vámonos volando, que va a llover.

Y una terrible tormenta se cierne sobre el rebaño. ¡El tiempo está loco!

Tras la lluvia, vuelve el buen tiempo...

y el rebaño...

prosigue su ruta.

—¡Eh, oh!   —Daos prisa.   —¡Anda que...!

—¡Al fin en casa! —Estoy rendido. —Un buen sueño reparador y como nuevo.

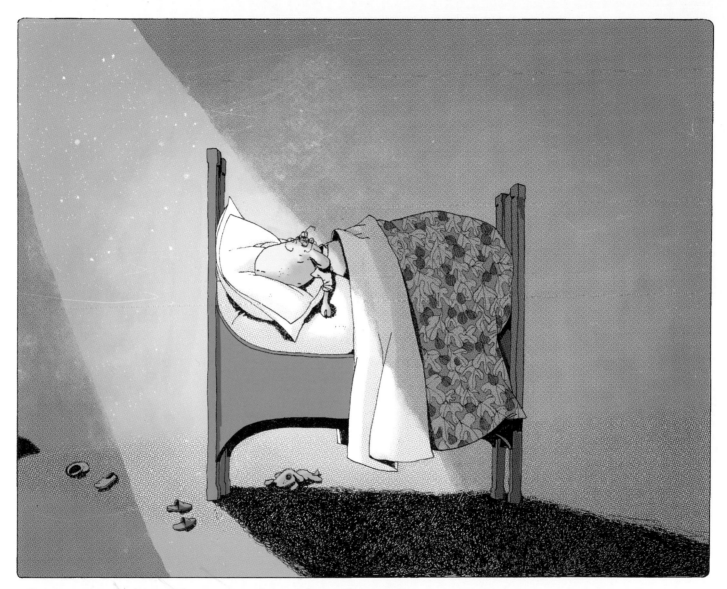

¿Con qué sueñan los corderitos cuando por fin se duermen?